El *cajón* de los trastos es uno de mis lugares prohibidos favoritos.

Es como un cofre del tesoro de los piratas.

Pero sin los rubís.

He abierto el cajón.

Me he asomado dentro...

—Uala —he pensado—, ¡este cajón está lleno de cosas guays!

Y ahí han empezado todos mis problemas.

LAS LEYES DE ROCO

1
Nunca pondré pegamento en una silla

Katherine Applegate
Ilustraciones de Brian Biggs
Traducción de Mar Vidal

MOLINO

Para Julia y Jake,
con cariño.

Título original: *Roscoe Riley Rules #1*
Never Glue Your Friends to Chairs
Autora: Katherine Applegate.

Publicado por acuerdo con HarperCollins Children's Books,
una división de HarperCollins Publishers.

Derechos de traducción al castellano gestionados
por Sheldon Agency, Inc.

Avda. Diagonal, 189 08018 Barcelona.
rbalibros.com

Ilustración de cubierta: Brian Biggs, 2008.
Diseño de cubierta: Compañía.

Primera edición: septiembre de 2012.

REF.: MONL087
ISBN: 978-84-2720-317-4
DEPÓSITO LEGAL: B-21.386-2012

1

Nunca pondré pegamento en una silla

Índice

1. Bienvenido al Rincón de pensar 1
2. Algo que has de saber antes de empezar 5
3. Otra cosa que has de saber antes de empezar 7
4. Esta mañana en mi casa 8
5. El pegamento No-te-atrevas 16
6. El saludo secreto 26
7. Ensayo del caos 35
8. Cómo hablan los maestros 45
9. Roco al rescate 52
10. Disciplinados como abejas 58
11. Ay, ay, ay... 69
12. Agujeros en nuestras cabezas 76
13. Adiós desde mi Rincón de pensar 78

1

Bienvenido al Rincón de pensar

¡Eh! ¡Aquí!

Soy yo, Roco.

Bienvenido al Rincón oficial de pensar de Roco.

¿Quieres pasar el rato conmigo?

Pero debo advertirte una cosa: aquí vamos a pasar un buen rato.

Verás, hoy me he metido en una especie de lío.

Para variar.

¡Los niños han de respetar tantas normas!

Por eso a veces mi cerebro se olvida de recordarlas todas.

Y no es que intente buscar maneras de meterme en líos. Simplemente es que los líos siempre se las arreglan para encontrarme a mí.

La verdad es que yo solo soy un chico normal, que vive el día a día, como tú.

Mi comida favorita son los Lacasitos azules. Mi deporte favorito, saltar en la cama. Mi color preferido, el arco iris.

Y lo que menos me gusta de todo son las judías verdes.

¿Lo ves? Ya te lo he dicho, un chico normal, que vive el día a día.

Un chico normal, que vive el día a día y que a veces se mete en líos.

Como hoy. Yo solo intentaba ayudar a mi maestra.

¿Cómo iba a imaginarme que no hay que pegar a la gente a las sillas?

Con Super-Mega-Pegamento-Gonzo...

Tú lo debes de haber hecho alguna vez, ¿a que sí?

Vaya.

¿Nunca?

Vaya.

Bueno, tal vez debas escuchar la historia entera...

SUPER-MEGA-PEGAMENTO-GONZO
0
PERMANENTE

2

Algo que has de saber antes de empezar

Te diré lo que ocurre con el Super-Mega-Pegamento-Gonzo.

Cuando en una etiqueta pone *permanente*, lo dice en serio, es permanente.

Es decir, PARA SIEMPRE JAMÁS.

3

Otra cosa que has de saber antes de empezar

Tienes que creerme.

El Super-Mega-Pegamento-Gonzo es para pegar COSAS.

No PERSONAS.

Fue una mala idea pegar COSAS a las PERSONAS.

Esto es solo un ejemplo.

4

Esta mañana en mi casa

Probablemente te estarás preguntando por qué sé tantas cosas sobre el Super-Mega-Pegamento-Gonzo.

Bueno, pues todo ha empezado esta mañana. Estaba ayudando a mi madre a preparar la comida para el cole.

—¿Y el plátano? —le he preguntado—. Sin manchas marrones asquerosas...

Mamá ha mirado en la fiambrera.

—Está —ha dicho.

—¿Y las galletitas saladas?

—Están.

—¿Y las madalenas gigantes de chocolate con montones de mermelada pegajosa y bolitas de caramelo por encima?

Mamá me ha sonreído con una de esas expresiones suyas tipo «venga, que ya me estás cansando»:

—Lo siento, las madalenas gigantes de chocolate se nos han acabado —me ha dicho.

Yo he suspirado:

—Valía la pena intentarlo.

Mamá ha cogido un peine del cajón y me ha dicho:

—Es hora de peinarte, Roco. Querrás estar superguapo para la jornada de puertas abiertas, ¿no?

Por la tarde, los padres vendrán a visitar nuestra clase.

Eso es la jornada de puertas abiertas.

Aunque sean solo las puertas del cole.

Cantaremos una canción sobre las abejas.

Y tomaremos merienda con zumos y leche.

Yo estaba especialmente ilusionado con lo de la merienda.

Mi madre iba a llevar su pastel de crema con aguacate, plátano y pasas.

Esto me hacía muchísima ilusión.

Mi madre es una madre fantástica.

Pero no es muy buena cocinera.

—Tienes que ser superamable con la señorita Dez —le he dicho.

La señorita Dez es mi profesora de primero. Es nueva.

Le encanta enseñar en mi clase, aunque a veces nos portemos un poco mal.

La señorita Dez dice que tenemos mucha energía.

—Claro que seremos amables —me ha dicho Mamá.

—Porque es la primera vez que nos enseña

delante de los padres. Y también porque estará el director.

—Te prometo que Papá y yo nos portaremos bien —me ha dicho Mamá.

—Y, sobre todo, aplaudid después de que cantemos nuestra canción de las abejas —he añadido.

—Lo prometo —me ha dicho Mamá.

—Y no os riáis —he añadido.

—¿Por qué íbamos a reírnos, cariño?

—Porque ayer, cuando ensayábamos, fue un poco desastroso —le he contado—. Las borlas de la cabeza no paraban de caerse.

Mamá ha puesto cara de extrañeza y ha preguntado:

—¿Qué borlas de la cabeza?

—Sí, los cuernos de la cabeza de la abeja.

Me he puesto las manos en la cabeza y he movido dos dedos para enseñarle lo que son.

—Ah —ha sonreído—, ¡quieres decir las antenas!

—Tengo suerte, porque yo estoy en el grupo de percusión. Damos golpes con unos palos para seguir el ritmo. Y también llevamos borlas.

—Es un trabajo muy importante —me ha dicho Mamá, mientras me daba un beso en la cabeza—. No te preocupes, estoy segura de que hoy todo va a salir bien.

Mamá ha cerrado la fiambrera.

—Vamos, Roco. Ya estás listo.

Justo en aquel momento me he acordado de una cosa.

—¡Espera! —he gritado—. ¡Hay otra cosa muy importante! Ayer tenía que haber llevado material de manualidades. Para el armario de manualidades, ¿te acuerdas? Dijiste que lo llevaríamos porque eso es más fácil que hacer de madre voluntaria de clase.

—Uy, casi se me olvida —ha dicho Mamá. Y luego ha sonreído—: ¡Roco al rescate!

A mi familia le gusta decir esto cuando ayudo.

Mi padre ha entrado en la cocina y se ha servido una taza de café.

Va vestido con traje y corbata, un calcetín marrón y lleva un pie descalzo.

—Buenos días —ha dicho—. Roco, ¿se ha levantado tu hermano?

—Sí —le he dicho—, pero he tenido que usar mi técnica Ataque Sorpresa Roco para despertarle. ¿Te gustaría probarla algún día?

—Cuéntamela —ha dicho Papá.

Ha levantado una ceja.

Es un truco que hacen muchos padres.

—Mira, primero llamas con mucha educación a la puerta de Max. Entonces él ruge y te dice que vuelvas el año que viene.

—¿Y luego? —ha preguntado Papá.

—Luego saltas encima de su cama como si fuera un trampolín y le gritas: «¡LEVÁNTATE DE UNA VEZ, HOLGAZÁN!». Y si sigue sin levantarse, le echas zumo por la nariz y en los dedos de los pies.

—Entiendo —ha dicho Papá—. Bruto pero efectivo.

¡Es tan chulo cuando tu padre se siente orgulloso de ti!

—Mamá —he dicho—, ¿y el material de manualidades?

Mamá estaba usando la tostadora como espejo.

—Tengo ojeras —ha dicho.

He tirado de su manga.

A veces eso ayuda a las madres a concentrarse.

—Mamá —he insistido—, necesito barras de pegamento y tijeras y papel.

—*Barras de pegamento* —ha repetido—. El material de manualidades está en el cajón de los trastos. ¿Vas tú mismo a buscarlo, Roco? Tengo que ir a ver si Max ya está listo para ir al cole.

El cajón de los trastos es uno de mis lugares prohibidos favoritos.

Es como un cofre del tesoro de los piratas.

Pero sin los rubís.

He abierto el cajón.

Me he asomado dentro...

—¡Uala! —he pensado—, ¡este cajón está lleno de cosas guays!

Y ahí han empezado todos mis problemas.

5

El pegamento No-te-atrevas

En el cajón de los trastos siempre hay cosas fantásticas.

Llaves. Piezas de puzles. Clips. La cabeza de una de las muñecas de Sara.

El día que ocurrió estaba jugando a cirujano cerebral. La paciente murió.

He sacado la bolsa del material para manualidades.

Le he añadido tres gomas elásticas de color lila.

Y un muelle que ya no tiene nada de elástico.

Y la cabeza de la muñeca: nunca se sabe cuándo vas a necesitar una cabeza de recambio.

Y entonces he visto otra cosa en el cajón:

Un bote de Super-Mega-Pegamento-Gonzo.

Es el pegamento de adultos al que mamá llama pegamento No-te-atrevas.

El Super-Mega-Pegamento-Gonzo es extrafuerte.

Papá lo utilizó cuando rompí aquella taza de té tan antigua de la bisabuela.

Y cuando rompí el precioso jarrón de Mamá.

Y cuando rompí una bola de cristal muy fea del abuelo que se había traído de un viaje.

En realidad, los adultos deberían guardar las cosas que se pueden romper alejadas de los niños.

Mamá ha mirado en la sala y ha exclamado:

—¡Max! ¿Has encontrado el otro zapato? El autocar estará aquí dentro de cinco minutos.

Mi hermano mayor ha entrado en la cocina.

Iba armado con un tetrabrik de zumo.

—Mi zapato está en el tejado —ha dicho.

Y entonces me ha mojado con la pajita.

Al menos era zumo de manzana; es mi favorito.

—¡Max! —ha gritado Mamá.

—Ha empezado él —ha dicho Max.

—Tengo todo el pelo mojado —he protestado.

—Pues córtate la cabeza —ha dicho Max.

Lo que no ha ayudado demasiado, la verdad.

—¡Calla la boca! —le he gritado.

—¡Roco! —ha dicho Papá.

—Cállate, por favor —he dicho.

—Espera un segundo, Max —ha dicho Mamá—. ¿Es cierto que tu zapato está en el tejado?

—Tiene una explicación —ha dicho Max.

—Estoy seguro —ha añadido Papá. Volvía a tener la ceja levantada.

Esa ceja suya hace mucho ejercicio.

—Roco y yo estábamos jugando a los astronautas —ha explicado Max.

—El zapato de Max era el transbordador espacial —he aclarado.

—Necesito una escalera —ha concluido Mamá.

—Necesito otro café —ha dicho Papá.

—Necesito un hermano nuevo —he dicho yo.

—Lo que necesitas es un cerebro nuevo —me ha soltado Max.

—¡Chicos! —ha exclamado Papá—. Un poco de paz.

—Roco: Max, tu padre y yo tenemos algo que hacer en el tejado —ha dicho Mamá—. Vigila a Sara, cariño.

Sara es mi hermana pequeña. Estaba ocupada mirando los dibujos animados en el salón.

Mamá dice que los dibujos educativos están bien.

Aunque en realidad lo dice hasta que se ha tomado el primer café.

—Yo te aguanto la escalera —le ha dicho Papá a Mamá— si subes tú.

Papá tiene miedo de las alturas, pero no se lo cuentes a nadie. Es un secreto de familia.

Tampoco le digas que se está quedando calvo.

Los padres pueden ser muy sensibles, ¿sabes?

—Papá —le he dicho—, antes de que salgas creo que has de saber que te falta un calcetín.

Papá se ha mirado el pie.

—¿Alguien ha visto el calcetín que me falta?

—Mira en el tejado —le ha respondido Mamá.

—Mira en la barriga de Goofy —le he recomendado yo—. Creo que se lo ha tragado.

Goofy es nuestro perro, blanco y grandote. Es muy tolerante con la dieta.

Papá ha soltado un gruñido y ha salido descalzo de casa. Seguido de Max y de Mamá.

Yo me he quedado vigilando a Sara: estaba hablando con un perro azul que salía por la tele. Goofy se estaba comiendo sus cereales.

He vuelto a acercarme al cajón de los trastos.

He cogido el pegamento No-te-atrevas.

Me he imaginado a mi madre diciéndome:

«Roco, ¡ni te atrevas a coger el pegamento No-te-atrevas!».

He vuelto a dejar el pegamento.

Me he imaginado a la maestra diciéndome: «Roco, ¡qué buen ayudante estás hecho! ¡Muchísimas gracias por el pegamento de adultos!».

Sara ha entrado en la cocina. Llevaba una corona de papel en la cabeza.

Los juegos favoritos de Sara son Princesas, Disfraces, Picnic de tartas, y Disfracemos a Roco de príncipe y hagámosle comer tartas.

«... h, i, j, k, Ele-nita-pedo-pis» cantaba Sara.

Entonces ha hecho una pausa.

—¿Por qué dicen esto de Elenita los niños de la clase? —me ha preguntado.

—Ya te lo contará la maestra —le he respondido.

He vuelto a coger el pegamento.

Sara ha abierto los ojos de par en par:

—¡Es el pegamento No-te-atrevas!

—Es para mi maestra —le he explicado—. En el cole siempre se están rompiendo cosas. Como ayer, que se me rompió el sacapuntas. A veces, cuando saco punta al lápiz aprieto demasiado.

He metido el pegamento en la bolsa de material de manualidades.

Luego he cogido mi mochila del Hombre Héroe.

El Hombre Héroe no sale en ninguna serie de la tele ni nada de eso.

Mamá me compró la mochila en el centro comercial porque estaba de rebajas.

—¡Eh, Roco! —ha gritado Max—. ¡Rápido, que viene el autocar! ¡Y tienes que ver una cosa!

He cogido a Sara de la mano. He mirado por última vez al cajón de los trastos.

«Tal vez debería volver a dejar el pegamento», he pensado.

Al fin y al cabo, debe de haber un buen motivo para que algo se llame pegamento No-te-atrevas.

He oído el claxon del autocar.

«Da igual», he pensado.

No era más que un botecito inofensivo de pegamento.

Cuando Sara y yo hemos salido, he visto una escalera grande y plateada apoyada en la casa. Papá la sostenía.

—¡No te lo pierdas! —ha exclamado Max—. ¡Mamá vuelve a estar en el tejado!

—Perfecto —he dicho.

Esta es siempre una buena manera de empezar el día.

He gritado adiós mientras corría hacia la parada del autocar.

—¡Nos vemos en la jornada de puertas abiertas! —me ha gritado Papá.

Justo en aquel momento ha soplado una ráfaga de viento.

La escalera se ha caído con un gran estruendo.

Seguramente Mamá también quería decirme adiós, pero estaba demasiado ocupada colgando del tejado.

6

El saludo secreto

Cuando he llegado a clase, mis amigos Gus y Emma han venido corriendo a decirme hola.

Lo primero que hemos hecho ha sido nuestro saludo secreto.

Funciona así, por si quieres probarlo con tus amigos.

1. Gritad los nombres de cada uno.
2. Esperad a que la maestra os diga «¡Más bajito, POR FAVOR!».
3. Chocad los cinco por arriba.
4. Chocad los cinco por abajo.
5. Sacad la lengua.
6. Poneos muy serios y decid: «¿Cómo está, señor Reley?».

Bueno, claro, tú no dirías *Reley*, probablemente.

Sería bastante fuerte que tuviéramos el mismo apellido.

Emma ha señalado mis codos.

—¡Qué chulas son tus tiritas brillantes, Roco!

Yo casi siempre llevo alguna tirita en algún lado.

O un yeso. O un cabestrillo.

Mamá dice que debo tomármelo como si quisiera marcar tendencia de la moda.

Cuando tenía cuatro años, hasta llevé un ojo tapado.

Y llevaba el parche de color negro. Rollo pirata total.

—¿Cómo has conseguido las tiritas? —me ha preguntado Gus.

—Compitiendo con mi coche de carreras escaleras abajo —le he explicado—. Ganó el coche de carreras.

—Los accidentes domésticos son la causa

más común de heridas en los niños —ha dicho Emma.

Emma me enseña muchas cosas interesantes.

Nació en China. Sus padres la adoptaron cuando todavía era un bebé.

Ojalá yo hubiera nacido en China y no aquí.

Gus también me enseña muchas cosas interesantes.

La semana pasada, por ejemplo, me enseñó a tirarme pedos con el sobaco.

—¿Qué llevas en la bolsa, Roco? —me ha preguntado Emma.

—Material de manualidades para la señorita Dez —le he dicho.

He abierto la bolsa y Gus y Emma han fisgado dentro.

—¡Esa cabeza mola! —ha dicho Gus.

—Se llamaba Drusilla —le he explicado—, antes de que yo la operara del cerebro.

—¡Es el Super-Mega-Pegamento-Gonzo! —ha exclamado Gus—. Uala. ¡Mi madre no me deja ni acercarme a él!

—Ni a mí —ha dicho Emma.

—A mí tampoco —he confesado—. Pero he pensado que a la señorita Dez le iría bien. Para cuando rompemos cosas. Vamos a enseñarle lo que he traído.

La señorita Dez estaba ocupada colgando dibujos de mariposas en el corcho.

Señorita Dez no es su nombre de verdad, pero su nombre de verdad es muy difícil de decir. Tiene casi la mitad de las letras del abecedario, así que ella ha cortado todo el principio para nosotros.

A lo mejor cuando yo sea mayor me llamarán Señor Ley, para abreviar.

O no.

Le he dado a la señorita Dez la bolsa con el material.

—Es para ti —le he dicho—. Para el arma-

rio de manualidades. Hay un pegamento especial. Y hasta he metido una cabeza de regalo.

La señorita Dez ha puesto cara de extrañeza.

—¿Qué tipo de cabeza, Roco?

—Es solo una cabeza de muñeca. —Le he sonreído para que no se preocupara.

Como es nueva, la señorita Dez a veces no entiende las cosas.

Siempre que puedo la intento ayudar.

Al fin y al cabo, el año pasado yo estaba en parvulario.

O sea que ya sé todo lo que hay que saber sobre el colegio.

Por ejemplo, cuando a la señorita Dez se le olvidó el nombre del conserje, yo me acordé que se llamaba señor Maza.

Tuvo que llamarle cuando Gus vomitó los raviolis después de comer.

A veces, al acabar el día la señorita parece bastante hecha polvo.

Espero que no decida cambiar de tipo de trabajo. Mi profesora de parvulario lo hizo.

Pero no por mi culpa.

Supongo.

Aunque creo que se quedó un poco frustrada cuando pinté los hámsteres que teníamos en clase. De verde. Porque era el día mundial del medio ambiente.

A los hámsteres les gusta tener un aspecto alegre los días importantes.

La señorita Dez ha consultado la hora.

—¡Chicos! —ha dicho en voz alta.

Luego se ha acercado un dedo a los labios. Es lo que hace siempre para pedir silencio.

—Sé que estáis muy alborotados por lo del día de puertas abiertas —nos ha dicho—. Lo primero que haremos por la mañana será un ensayo con vestuario.

Ensayo con vestuario quiere decir que practicas con el disfraz y todo.

No significa que tengas que llevar vestido.

—A ver si hoy nos sale un poco mejor que ayer —ha dicho la señorita Dez, riéndose—. Estoy segura de que hoy todos nos portaremos todo lo bien que podamos.

Pobre señorita Dez. Aún es novata. Creo que a lo mejor se ha olvidado de toda la energía que tenemos.

7

Ensayo del caos

—Primero quiero que todas las abejas os pongáis las antenas —ha dicho la señorita Dez.

Las abejas de verdad utilizan sus borlas de la cabeza para oler y notar las cosas.

Pero las nuestras están hechas solamente de tiras de alambre con bolas de corcho clavadas. Y decoradas con purpurina.

Van pegadas a una diadema de plástico, como si fuera una especie de U al revés.

El año pasado, los de tercero usaron las borlas para hacer una función teatral sobre mariposas.

O sea que las diademas están un poco deformadas por culpa de sus enormes cabezotas de niños de tercero.

Cuando estábamos listos, la señorita Dez ha ido al armario de la música.

Ha repartido a cada percusionista dos baquetas rojas.

Usamos las baquetas para la clase de música. Son nuestros instrumentos.

Pero a mí, en realidad, me gustaría tener una batería entera.

O una tuba.

—Ya sé que os gustan mucho las baquetas, chicos —ha dicho la señorita Dez—. Pero acordaos que ayer hubo algunos que se animaron demasiado.

Creo que cuando lo ha dicho me estaba mirando a mí.

Pero yo no fui el único que se metió en líos por culpa de las baquetas.

Fue Gus el que empezó a hacer luchas de espadas con ellas.

Yo no tuve la culpa.

O casi nada.

—Nuestra sección de ritmos se sienta en las sillas —ha dicho la señorita Dez—. Atentos y quietecitos.

Lo decía por mí. Y por Gus. Y David, María y Lili.

—El resto de abejas en la fila de atrás —ha dicho la señorita Dez—. Bien derechos y bien colocados.

Nos hemos puesto cada uno en su lugar.

Las abejas y las abejas percusionistas.

Borlas y baquetas.

Estábamos listos para la acción.

—Bien, vamos a cantar bien y con voz clara —ha ordenado la señorita Dez—, y sin molestar con las baquetas.

—¿Podemos hacer de espadachines? —ha preguntado David.

—Nada de espadas —ha respondido la señorita Dez.

—¿Y rayos de la muerte? —ha insistido Gus.

—Nada de rayos de la muerte —ha dicho ella—. Cuando cuente tres, ¡todos a cantar!

Nuestra canción de las abejas dice así:

Abejas zumbonas, abejas revoltosas,
¡Miradnos volar!
Las abejas somos las mejores.
¿Y sabes por qué?
Hacemos la miel muy orgullosas
Y volamos por el cielo.
¿Quieres hacer lo mismo que nosotras?
¡A que no serás capaz!

—¡Muy bien! —ha dicho la señorita Dez cuando hemos terminado de cantar—. Roco, se te oye especialmente bien, pero también se tiene que oír a los demás niños.

—Me está haciendo explotar los tímpanos, señorita Dez —ha protestado Lili.

—¡Se me caen las borlas todo el rato! —ha dicho Hugo.

La señorita Dez ha respirado hondo.

—Ya sé que las antenas no os van muy bien, chicos, pero haced un esfuerzo para que no se os caigan. Va, cantemos la canción de nuevo. Y esta vez, ¡que oiga bien esas baquetas marcando el ritmo!

Hemos vuelto a cantar. Esta vez no he cantado tan alto.

Pero, si quieres saber mi opinión, peor para ellos.

—Mejor —ha dicho la señorita Dez cuando hemos terminado.

—¡Las borlas se me

caen todo el rato en los ojos! —ha protestado Hassan.

—Dios mío —ha dicho la señorita Dez—. Tal vez tengamos que olvidarnos de las antenas.

—¡Pero tenemos que llevar borlas! —ha gritado Lili—. Si no, ¿cómo sabrán nuestros padres que somos abejas?

—Tienes razón, Lili. Hassan, tráeme las antenas —ha dicho la señorita Dez—. A lo mejor te las puedo estrechar un poco.

Mientras la señorita Dez ajustaba las antenas de Hassan, María ha empezado a hacer ruido con sus baquetas.

David también se ha puesto a golpear con ellas.

Sobre mi cabeza.

—Chicos —ha dicho la señorita Dez. Seguía intentando arreglar las antenas de Hassan—. No se golpea con las baquetas, por favor.

Nos hemos quedado quietos y esperando. Mientras esperábamos, se me ha ocurrido un nuevo invento.

Me he puesto las baquetas en la boca.

Las he colocado de modo que apuntaran hacia abajo.

¡*Ta-chán*! ¡Tengo dientes de foca!

Creo que cuando sea mayor seré un inventor famoso.

O conductor de carrito de helados.

David y Gus se han reído de mis dientes de foca.

María se ha puesto los palos en la cabeza. Parecía una extraterrestre.

Ahora había más niños que se reían.

Gus se ha metido las baquetas por la nariz.

Daba mucho asco.

Enseguida estábamos todos dando golpes y riéndonos y haciendo de foca y de extraterrestres.

Todos menos Gus.

Él solo llevaba los palos en la nariz.

—¡Chicos! —ha dicho la señorita Dez en voz muy alta.

Pero con tantos golpes y risas no la oíamos muy bien.

Gus ha levantado uno de sus palos de la nariz:

—¡Te reto a un duelo! —ha gritado.

—¡Qué asco! —ha dicho Lili.

Yo me he subido encima de la silla.

Gus también lo ha hecho.

Si estás sentado no puedes hacer un duelo de espadas.

Creo que nos hemos olvidado de la norma que prohíbe hacer luchas de espadas.

—¡Roco! ¡Gus! ¡Chicos! —la señorita Dez ha levantado la mano y se ha llevado un dedo a los labios—. ¡Silencio ABSOLUTO!

Nos hemos quedado muy callados.

Gus y yo nos hemos quedado inmóviles encima de nuestras sillas.

La señorita Dez ha señalado hacia la puerta.

Ahí estaba el señor Gracia.

Es el director. Eso quiere decir que es el gran jefe del colegio.

Normalmente es simpático.

Menos cuando te portas mal.

Entonces te mandan a su despacho y te hace pensar sobre tu comportamiento.

Cuando esto ocurre, el señor Gracia pone su cara de hablo-en-serio.

Y ahora mismo, el señor Gracia tenía su cara de hablo-MUY-en-serio.

8

Cómo hablan los maestros

—Niños —ha dicho el señor Gracia—. Desde luego, espero que no decepcionéis a vuestros padres con este alboroto durante la jornada de puertas abiertas.

Lili ha levantado la mano:

—Ha empezado Roco, señor Gracia —ha dicho—. Se ha hecho unos dientes de foca con los palos.

Lili no estaba colaborando demasiado.

Es mi opinión, vaya.

—Estoy seguro de que Roco recordará que ponerse dientes de foca no es un comportamiento adecuado en clase —ha dicho el señor Gracia—. Y que las sillas son para sentarse. Y que no hacemos luchas de espadas.

Me ha guiñado el ojo.

El señor Gracia y yo nos conocemos mucho.

—Perdón —he dicho—. Es que no sabía que había una ley que prohíbe ponerse dientes de foca.

—No pasa nada, Roco —ha dicho el señor Gracia—. Sé que esta tarde te portarás bien.

Luego le ha sonreído a la señorita Dez:

—No se preocupe —ha dicho—, el primer año de clase es siempre el más difícil.

El señor Gracia se ha despedido. Ha salido y la puerta se ha cerrado detrás de él.

La señorita Dez ha suspirado.

Luego ha mirado la hora en el reloj de la pared.

—Es la hora de los grupos de lectura. Guardad las borlas... quiero decir, las antenas. Y esta tarde hacedlo todo lo bien que podáis, ¿de acuerdo?

Parecía un poco agotada.

Me ha sabido mal lo de los dientes de foca.

Como ya he dicho antes, ¡los niños tenemos que acordarnos siempre de tantas normas!

Hay millones de cosas que no debemos hacer.

¿Quién iba a acordarse de que una de ellas era no hacerse dientes de foca?

Después de guardar las borlas y las baquetas, nos hemos sentado a las mesas para los grupos de lectura.

Leer es divertido, pero puede ser muy difícil.

Y cuando intentas hacer palabras con todas esas letras a veces acabas con mucha sed.

Cuando he acabado de leer cuatro frases enteras, he ido a beber un poco de agua a la fuente.

La fuente está al lado del armario de manualidades.

Justo en aquel momento ha entrado el señor Flores. Es profesor de parvulario.

—¿Te puedo coger un poco de tiza? —le ha pedido a la señorita Dez.

—Claro —ha dicho ella. Luego ha abierto el armario de manualidades y he podido ver el material que había llevado por la mañana.

Incluida la cabeza de Drusilla.

Y el pegamento No-te-atrevas.

La señorita Dez le ha dado una caja nueva de tiza al señor Flores.

—Aquí tienes —le ha dicho.

—¿Qué tal el ensayo con vestuario? —le ha preguntado el señor Flores.

La señorita Dez le ha susurrado algo que no he entendido.

Luego se ha reído.

—¡A este ritmo, pronto me verás buscando otro trabajo!

Y los dos se han reído.

Pero me ha parecido que eran unas risas preocupadas.

A lo mejor te preguntas cómo lo sé.

Al fin y al cabo, los profesores pueden ser liosos.

Aunque no tanto como los padres.

Pero un poco sí. A veces a los maestros les cuesta expresarse.

Por suerte, yo ya he ido a la guardería y al parvulario.

Y también a las clases de Música para Mamás y Bebés.

Y a la ludoteca.

Y a la clase de figuras de barro.

De modo que me gusta poderte contar cosas de los maestros.

Aquí tienes mi Traductor Infalible de Maestros Roco Reley:

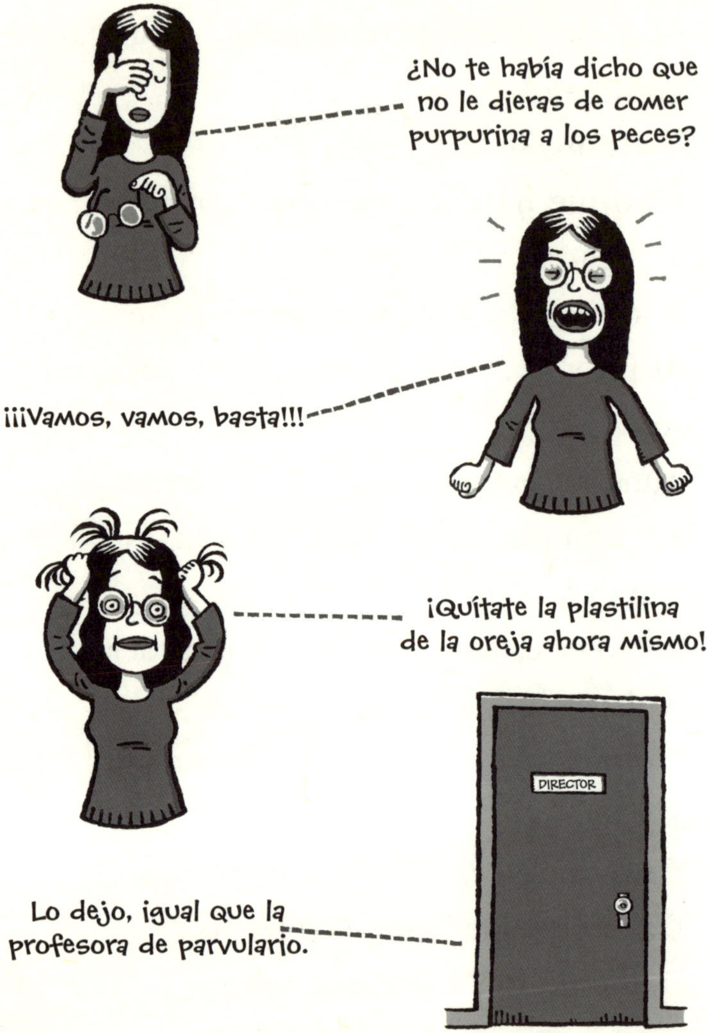

Entender a los maestros es bastante fácil.

Una vez que te acostumbras.

Pero todavía tengo que entender cómo funciona lo que dicen los padres.

He pensado en lo que la señorita Dez le ha dicho al señor Flores. *A este ritmo, pronto me verás buscando otro trabajo.*

¿Y si el señor Gracia despidiera a la señorita Dez?

¿Por culpa de nuestro alboroto?

Eso sería terrible.

Al fin y al cabo, la señorita Dez es muy buena maestra. Aunque sea solo una novata.

Luego he pensado en mi profesora de parvulario del año pasado.

La que cambió de trabajo después de que yo pintara los hámsteres de verde.

Ahora trabaja en un despacho.

Sin niños.

Y sin hámsteres verdes.

¿No suena muy aburrido?

No podría permitir que algo así le ocurriera a la señorita Dez.

9

Roco al rescate

Justo después del recreo ha llegado el momento de prepararnos para la jornada de puertas abiertas.

La señorita Dez y las madres voluntarias han puesto bandejas con galletas, tartas y pasteles en una mesa grande.

Y servilletas y zumo.

Las galletas parecían DELICIOSAS.

Pero estaba demasiado preocupado por la

canción de las abejas como para pensar en esas galletas deliciosas, llenas de chocolate que se funde en la boca.

Bueno, estaba *casi* demasiado preocupado.

La señorita Dez ha colocado bien las sillas. Luego ha puesto las baquetas y las borlas de la cabeza encima del mostrador.

—Vamos, chicos, que vuestros padres estarán aquí en unos minutos —ha dicho—. Comprobad todos los rincones de la clase para aseguraros de que todo está limpio y en su sitio.

—Señorita Dez —ha dicho una de las madres voluntarias—. ¿Tiene etiquetas para poner los nombres?

—Creo que hay algunas en el armario —ha respondido la señorita Dez.

Ha abierto las puertas del armario y luego ha aclarado:

—No, no hay. Voy a ver si hay en el despacho. Chicos, vuelvo en seguida. Roco, ¿por qué no vas repartiendo las antenas? David, tú reparte las baquetas. Pero sin jugar. Los otros acabad de ordenar la clase.

La señorita Dez ha salido apresuradamente de la clase.

Las puertas del armario del material de manualidades seguían abiertas.

Y desde donde estaba, veía el pegamento No-te-atrevas que había llevado.

Y ha sido en aquel momento cuando he tenido mi Super-Mega-Idea-Gonzo.

Me he acercado al armario.

Todos los niños estaban muy ocupados ordenando bloques, trozos de rompecabezas y lápices de colores.

Las madres voluntarias tampoco me prestaban atención.

Estaban ocupadas limpiando un charco de zumo que se había derramado.

Había sido culpa de una ficha de LEGO voladora.

He cogido una de las diademas con borla del mostrador.

He cogido el bote de pegamento No-te-atrevas.

He intentado leer lo que ponía en la etiqueta.

Me ha costado MUCHO leerla.

Une al instante y de manera permanente —decía—. *Pega madera, metal, cristal y papel.*

La etiqueta no decía nada de borlas de cabeza.

He abierto el pegamento.

He puesto un poco en la diadema.

Y me he colocado esas borlas en la cabeza.

He esperado unos segundos.

Luego he movido la cabeza.

¡Las borlas no se caían!

Quietas y bien ajustadas, igual que las borlas de las abejas de verdad.

Perfectas.

Entonces he echado unas gotitas a todas las otras diademas con borlas.

Y luego me he guardado el pegamento en el bolsillo.

Uno a uno, he ido pasando las borlas a todos los niños.

Hassan se las ha probado.

No ha notado las gotitas de pegamento No-te-atrevas.

—¡Eh! —ha exclamado Hassan. Luego ha movido la cabeza—. Qué raro... ¡las borlas no se me caen!

—Las mías tampoco —ha dicho María—. La señorita Dez las debe de haber arreglado.

Les he dado sus borlas a Gus y a David.

Ya volvían a jugar a los espadachines.

—¡Gus! —le he dicho—. ¡Nada de espadas! Esta jornada de puertas abiertas tiene que salir perfecta.

—No son espadas —me ha respondido—, son sables luminosos.

—Toma —le he dicho, mientras le ponía las borlas en la cabeza.

Y le he dado el último par a David, que se las ha puesto.

—Eh... —ha exclamado David—. ¡Mis borlas tampoco se mueven!

Misión cumplida, he pensado.

¡Roco al rescate!

10

Disciplinados como abejas

La señorita Dez ha vuelto con las etiquetas.

Cuando ha visto que Gus y David volvían a jugar a los espadachines se ha disgustado un poco.

—Percusionistas, quietecitos —ha dicho, con voz firme.

—Mis borlas ya no se mueven, señorita Dez —la ha informado María.

—Ni las mías —ha dicho Lili.

La señorita Dez ha puesto cara de sorpresa.

—Vaya —ha exclamado—. Son buenas noticias.

Justo en aquel momento han llegado los padres de Lili.

—¡Sonreíd, chicos! —ha exclamado la madre—. ¡Os estamos grabando!

El papá de Lili llevaba una cámara plateada superguay.

Entonces han ido llegando todos los demás padres y madres.

Sonreían, hablaban, se saludaban y se estrechaban las manos.

Mientras la señorita Dez se entretenía saludando, Gus ha apuntado a David con su palo:

—¡Soy el Zorro! —le ha gritado.

—¡Soy Darth Vader! —le ha gritado David.

—¡Duelo a muerte! —ha exclamado Gus.

Entonces he pensado que les costaría mucho quedarse quietecitos durante toda la canción de las abejas.

Y entonces se me ha ocurrido otra genial Super-Mega-Idea-Gonzo.

A veces mi cerebro me sorprende.

Me he acercado a las sillas de los percusionistas.

He mirado a mi alrededor: no me vigilaba nadie. Y Mamá y Papá todavía no habían llegado.

He sacado el pegamento No-te-atrevas.

He puesto unas cuantas gotas en el asiento de cada silla.

He sonreído, orgulloso.

La canción de las abejas saldría perfecta.

La señorita Dez conservaría su trabajo.

Y todo gracias a mí.

—¡Roco! Hola, Ratoncito —se ha oído una voz.

Era Mamá.

Llevaba su tarta de crema de plátano, aguacate y pasas.

En realidad no está bien que una madre te llame «Ratoncito» delante de toda la clase.

Pero no pasa nada. A veces a los padres también se les olvida seguir las normas.

Mi padre estaba justo detrás de ella.

Llevaba a Sara en brazos.

Mi hermana solo va a la guardería por las mañanas.

Los niños pequeños lo tienen todo muy fácil.

—¿Qué lleva Roco en la cabeza, Mami? —ha preguntado Sara.

—Son mis borlas de abeja —le he explicado, orgulloso.

He movido la cabeza y no se han caído.

Soy un genio, he pensado.

La señorita Dez ha dado unas palmadas y se ha llevado el dedo a los labios.

—¡Padres, por favor, sentaos que tenemos una magnífica actuación preparada para vosotros!

Todos los padres y madres se han sentado.

Han tenido que encogerse en nuestras sillas pequeñitas.

Daban un poco de risa.

Me he alegrado de que nadie intentara sentarse en las sillas en las que había puesto pegamento.

—A vuestros puestos, chicos —ha ordenado la señorita Dez.

Las abejas se han colocado en fila.

Las abejas percusionistas se han sentado.

Justo encima del pegamento.

Todas menos Gus.

—En mi silla hay una cosa —ha protestado.

—Seguramente son tus mocos —le ha dicho Lili.

—Gus, siéntate, por favor —le ha pedido la señorita Dez.

Gus ha suspirado. Y se ha sentado, dejándose caer.

—Como ya debéis de saber, estas últimas semanas hemos estado estudiando los insectos —ha explicado la señorita Dez a los padres.

De pronto, el señor Gracia ha aparecido por la puerta.

—¡Hola a todos! —ha dicho—. Solo estoy de paso; ¡no quería perderme la actuación de mi colmena favorita!

El señor Gracia nos ha mirado a todos.

Se le ha subido una ceja, como le pasa a mi padre.

Me pregunto si hay algún cole donde enseñen ese gesto de ceja.

La señorita Dez ha hecho un ruido con la garganta.

Tenía la cara un poco rosada.

O un poco verde.

Creo que a eso se le llama pánico escénico.

—Como decía —ha proseguido—, hemos estado aprendiendo cosas de los insectos. En especial de las abejas. Y ahora tenemos una canción que nos gustaría interpretar para vosotros.

Sara ha hecho un zumbido, imitando a las abejas.

Todos los padres se han reído.

Todo el mundo piensa que es una niña adorable.

Es asqueroso.

—Vamos, chicos —ha ordenado la señorita Dez. Luego ha bajado la voz y nos ha susurrado—: ¡Esta vez lo vamos a hacer perfecto!

Ha mirado a los percusionistas.

Hasta Gus estaba perfectamente sentado.

No tenía alternativa.

—Uno, dos, ¡tres! —ha dirigido la señorita Dez.

Hemos cantado todos alto y claro. Y también hemos seguido el ritmo acompasadamente.

Cuando hemos acabado, los padres han aplaudido y nos han ovacionado.

Hasta ha habido alguno que ha silbado.

—¡Bravo! —ha gritado un padre.

La mamá de Lili se ha tenido que secar unas lágrimas de emoción.

—¿Ahora podemos comer galletas? —ha preguntado entonces Sara.

La señorita Dez parecía muy contenta.

Y ahora ya no estaba ni verde ni rosa.

El señor Gracia sonreía.

—Chicos, sabía que os saldría bien. Ha sido perfecto. He de decir que os habéis comportado como una auténtica colmena.

Todos se han reído ante su broma.

Porque cuando es una broma del director, tienes que reírte.

El señor Gracia le ha hecho a la señorita Dez un gesto con el pulgar hacia arriba.

Quiere decir BUEN TRABAJO.

Y también NO TENDRÁS QUE IR A TRABAJAR A UN DESPACHO ABURRIDO Y SIN HÁMSTERES.

Nos ha saludado a todos con la mano.

Luego se ha marchado.

Yo no podía dejar de sonreír. Todo había salido perfecto.

Gracias a mí.

Y a un poco de pegamento No-te-atrevas.

—Muy bien, chicos —ha dicho la señorita Dez—. Pasadme las antenas y las baquetas. Y acercaos a vuestros padres para merendar.

Todos los niños hemos aplaudido y hemos gritado de alegría.

Y entonces todos se han quitado las borlas de la cabeza.

Al menos, todos *han intentado quitarse* las borlas de la cabeza.

—¡Ay! —ha gritado Emma.

—No me las puedo quitar —ha gritado David.

—¡Se me arranca el pelo! —ha dicho Gus, con un alarido.

—¡¡¡TENGO LAS BORLAS PEGADAS!!! —ha gritado Lili.

Todos me miraban a mí.

Con cara como de sorpresa.

Y luego enfadados.

Y luego MUY enfadados.

Me ha parecido que tal vez era un buen momento para ir al baño.

Pero cuando he intentado levantarme, la silla venía conmigo.

11

Ay, ay, ay...

He intentado arrancarme de la silla.

Me he arrastrado.

He tirado con fuerza.

He girado sobre mí mismo como Goofy cuando persigue su propia cola.

Gus, David, Lili y María también intentaban levantarse.

Pero teníamos las sillas pegadas a la ropa.

Permanentemente.

Tal y como promete la etiqueta del pegamento.

—Ay, ay, ay... —he dicho, en voz muy baja.

No me ha oído nadie, solo Gus.

Los demás niños estaban demasiado ocupados gritando por sus borlas.

Y corriendo de un lado a otro como locos.

Los padres corrían a ver qué era lo que estaba provocando aquel alboroto.

El padre de Lili, mientras, grababa con su cámara todo el drama.

Y la señorita Dez tenía un poco cara de estar a punto de desmayarse.

Si queréis saber mi opinión, se han puesto un poco histéricos por lo de las borlas pegadas a la cabeza.

Quiero decir que, de verdad, algunos de nosotros teníamos problemas más importantes.

Como las sillas en el culo.

—Roco —me ha dicho Gus—. ¿Por qué has dicho *Ay, ay, ay...*? ¿Has hecho algo?

—El pegamento No-te-atrevas —le he dicho en voz baja—. Me he atrevido un poco.

—¡Uala! —Gus ha meneado la silla a la

que tenía pegado el trasero—. ¡Menudo pegamento!

—Me las voy a cargar.

—Totalmente —me ha confirmado Gus.

Emma se me ha acercado corriendo. Tiraba de su diadema con borlas.

Como todos los demás.

—Roco —me ha dicho—, ¿has usado el pegamento No-te-atrevas con las borlas?

¡Esa Emma!

Me conoce tan bien.

—¡ROCO RELEY! —ha gritado Lili—. ¡TODO ES CULPA TUYA! ¡ERES TÚ QUIEN HA REPARTIDO LAS BORLAS!

—¡Mami! —ha dicho Sara—. ¿Mandarán a Roco al Rincón de pensar?

—¿Roco? —ha dicho la señorita Dez.

—¿Roco? —ha dicho Mamá.

—¿Roco? —ha dicho Papá.

Y yo, con todo aquel griterío, apenas los oía.

—¿Roco? —ha dicho otra vez la señorita Dez. Esta vez más fuerte—. ¿Hay algo que nos quieras contar?

—¿Qué le has hecho a la preciosa cabecita de mi Lili? —ha gritado la mamá de Lili.

Yo iba a responder.

Pero justo en aquel momento Lili se me ha acercado corriendo.

De hecho, Lili y su silla se me han acercado corriendo.

—¡QUÍTAMELA AHORA MISMO! —me ha chillado.

Esa chica tiene un buen par de pulmones.

He intentado frenarla para poder explicarlo todo.

Pero me he equivocado y, en vez de eso, he agarrado una de las patas de la silla.

Lili ha perdido el equilibrio.

Ha tropezado.

Ha dado una voltereta muy chula.

Y ha aterrizado justo encima de la mesa de la merienda.

Todos esos postres tan guays han salido disparados.

Hasta la horrible tarta de crema de plátano, aguacate y pasas de mi madre.

La he visto volando por los aires.

Ha sido como una película a cámara lenta.

Más y más arriba.

Girando y volando.

Como un misil letal hecho de plátanos y aguacates y pasas.

Iba directo a la pobre señorita Dez.

Sabía lo que tenía que hacer:

Después de todo el lío que había armado, tenía que salvar a mi maestra.

He saltado hacia arriba.

Lo que no es fácil cuando tienes una silla pegada al trasero.

¡¡¡PLAFF!!!

La tarta me ha caído en toda la cara.

Una diana perfecta.

Ahora tenía tarta en el pelo. En la ropa. En las borlas.

Me he quedado tumbado en el suelo.

Con la silla pegada.

Con la tarta tapándome la cara.

Todos los niños gritaban.

Los padres chillaban.

Pero la señorita Dez se había salvado.

Y, ¿sabes qué? Esa tarta no era tan mala.

12

Agujeros en nuestras cabezas

La señorita Dez y los padres han tenido que usar tijeras para separarnos de las sillas.

Esta parte ha sido un poco vergonzosa.

Además, hemos tenido que tomar ropa prestada del baúl de objetos perdidos.

Yo he tenido que ponerme unos pantalones rosa con dibujos de conejitos.

Esta ha sido la parte más vergonzosa de todas.

También nos han tenido que cortar las borlas.

Nos han tenido que cortar un poco de pelo.

Por culpa del pegamento.

A algunos de la clase no les hacía mucha gracia lo de los agujeros en la cabeza.

Pero yo les he recordado que el pelo les volvería a crecer antes de lo que se imaginaban.

He tenido que mantener una larga conversación con la señorita Dez y Mamá y Papá.

Cuando le he explicado a la señorita Dez que mi intención era salvar su puesto de trabajo, me ha dado un abrazo.

Es así como los maestros dicen *Te perdono, chico.*

Me ha hecho prometerle que la próxima vez que quiera salvarla, se lo pediré.

Y que nunca, nunca jamás volveré a tocar el pegamento No-te-atrevas.

También me ha dicho que ama su trabajo.

Y que el director encontraría divertida toda la historia del pegamento. Algún día.

Como yo decía.

La señorita Dez es una buena maestra.

Aunque solo sea una novata.

13

Adiós desde mi Rincón de pensar

Y ahora ya sabes por qué estoy en mi Rincón de pensar.

De hecho, Mamá y Papá estaban muy orgullosos de mí por haber querido ayudar a la señorita Dez.

Lo que no les ha gustado ha sido que cogiera el pegamento No-te-atrevas del cajón, para empezar.

Ahora que lo pienso, entiendo su punto de vista.

Ese pegamento era muy pegajoso.

En fin, gracias por pasar un rato conmigo.

Ha sido guay tener un poco de compañía.

Ahora vienen Mamá y Papá a buscarme.

Les voy a decir otra vez cuánto lo siento.

Y luego, quizás vayamos al barbero a que me arregle las zonas de calva.

Ahora sé cómo se siente Papá.

Pero primero nos daremos un abrazo.

Eso es lo mejor del Rincón de pensar.

10 COSAS GUAYS QUE ALGUIEN DEBERÍA INVENTAR

Por mí, Roco Reley

1. Espaguetis de chocolate
2. Un tobogán para mi bañera
3. Chicle con sabor a palomitas
4. Espray para hacer desaparecer cosas (como la verdura y otras emergencias)
5. Suelos de trampolín para el cole
6. Robots que recojan los calcetines sucios
7. Mandos a distancia para hacer callar a las hermanas pequeñas
8. Mandos a distancia para hacer callar a los hermanos mayores
9. Borlas de cabeza de talla única
10. Disolvente para el Super-Mega-Pegamento-Gonzo

¡Gira la página para encontrar
una primicia superespecial
de mi nueva aventura!

¡Atrapado de nuevo en el Rincón de pensar!
¿Qué ha pasado esta vez? Entérate de todo en

LAS LEYES DE ROCO 2

Nunca secuestraré un peluche

He aquí cómo empiezan los problemas:

No estaría aquí atrapado en el Rincón de pensar si, sencillamente, le hubiera hecho caso a mi hermano mayor.

Y créeme, no es normal que yo diga eso.

Todo empezó el otro día. Estaba guardando a Ramón en mi mochila.

Para que pudiera venir al cole conmigo. Como siempre.

Max me vio.

—No se pueden llevar cerditos al colegio, Roco —dijo.

No le hice ni caso.

Primero, porque eso no es ninguna norma.

A menos que el cerdito sea de verdad.

Y, segundo, cuando un hermano pequeño no le hace caso a un hermano mayor, eso pone histérico al hermano mayor.

Max estaba tomando cereales. Me lanzó uno a la cabeza.

—Ahora estás en primero —me dijo—. Y los de primero NO se llevan peluches al colegio.

Me quité el cereal del pelo y me lo comí.

Eso también pone histéricos a los hermanos mayores.

—Ramón siempre viene conmigo —le respondí.

Mamá entró en la cocina:

—¿Ha visto alguien el cepillo de dientes de Cenicienta de Sara?

Sara es mi hermanita. Tiene mucha afición por las princesas. Y también por el barro.

—El caso es que los peluches son de niño pequeño —dijo Max.

—¡Max! —exclamó Mamá—. ¿De qué estás hablando?

—Roco quiere llevarse a ese Bacon apestoso al colegio —respondió Max.

—No se llama así —dije.

—Bueno, se llama MÓN, de jamón —dijo Max.

—Se llama Ra-MÓN —aclaré.

—Harías un gran ridículo si alguien te ve con esa cosa —me explicó Max—. ¡A mí me parecería humillante!

—Tú estás en cuarto —intervino Mamá—. Roco hace primero. ¿Cómo va a humillarte?

Max movió la cabeza:

—Lo siento, Mamá —dijo— pero tú no sabes nada del mundo real. La gente hace comentarios.

—Ese cerdito es el mejor amigo de Roco —dijo Mamá—. Y si a su maestra le parece bien, puede llevarse a Bacon... quiero decir, a *Ramón*, al cole.

—Además, nadie sabe que lo llevo aquí —señalé—. Porque no sale de mi mochila. Sólo Emma y Gus saben que lo llevo. Y la señorita Dez.

La señorita Dez es mi maestra. Y Emma y Gus son mis mejores amigos.

Max hizo un ronquido de cerdo.

Yo le contesté con otro ronquido. Y otro más.

De verdad, tratar con los hermanos mayores es todo un arte.

—Me pienso llevar a Ramón —afirmé—. Y punto.

El caso es que tengo a Ramón de toda la vida.

Me lo mandó mi tía abuela Hilda cuando cumplí un año.

Tiene una granja de cerdos en Carolina del Norte.

La tía abuela Hilda dice que los cerdos son muy inteligentes y cariñosos.

Algo parecido a los perritos.

Yo no puedo dormir sin Ramón.

Cuando era pequeño, él me protegía de los monstruos y de los dragones que echan fuego por la boca.

Luego, cuando me hice un poco mayor, me protegía de las arañas peludas y de los osos pardos.

Es mi cerdo guardián.

—¡Chicos! —gritó Papá—. ¡Aprisa! El autocar está a punto de llegar.

Max corrió a recoger su mochila. Mamá corrió a buscar el cepillo de dientes de Sara.

Yo me quedé en la cocina mirando fijamente a Ramón.

Lo puse encima del mármol.

¿Y si Max tenía razón?

Yo me estaba haciendo terriblemente mayor.

Quiero decir... ya se me movía un diente y todo... eso es ya MUY mayor.

Ramón tenía una expresión preocupada, como si estuviera a punto de echarse a llorar.

Me di cuenta de que era un momento muy duro para él.

—Está bien, chico, puedes venir —le dije.

Embutí a Ramón al fondo de todo de la mochila.

Dejé la cremallera un poco abierta, para que pudiera respirar.

Max estaba loco. Nadie me fastidiaría por llevar a Ramón.

Porque nadie lo sabría.

Solo la señorita Dez, y Emma y Gus.

Miré dentro de mi mochila.

—Ramón —dije—, puedes venir conmigo al cole siempre. Hasta cuando haga cuarto.

Katherine Applegate no ha pegado nunca a nadie a una silla (al menos, eso es lo que ella dice). Es autora de muchos libros para niños y vive en Chapel Hill, Carolina del Norte, con sus dos adorables hijos, dos perros chiflados, dos gatos protestotes, dos conejillos de indias rechonchos y un marido muy paciente. Hace mucho tiempo que no la mandan al Rincón de pensar, pero su perro Goofy fue mandado allí hace poco por no respetar la norma #132: No comerse nunca un hula hoop.